LOUIS LEDIEU

A

SES CONCITOYENS,

SUR LES

ÉVÉNEMENS DES 5 ET 6 JUIN.

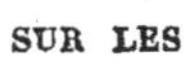

LOUIS LE DIEU

A

SES CONCITOYENS,

SUR LES

ÉVÉNEMENS DES 5 ET 6 JUIN.

PRIX : UN FRANC.

Paris,

CHARPENTIER, ÉDITEUR, PALAIS-ROYAL,
ET LES MARCHANDS DE NOUVEAUTÉS.

—

14 Juin 1832.

Cet écrit, terminé le 14, devait être publié deux jours
après. J'ai éprouvé des difficultés pour trouver un impri-
meur et un libraire. Tout était arrangé enfin pour l'impres-
sion, quand, jeudi 21 à 6 heures 1/2 du matin, je fus
arrêté et conduit à la préfecture de police, comme chef,
avec MM. Cabet, Laboissière et Garnier-Pagès, d'une
conspiration tendante au renversement du gouvernement, etc., etc.

Ma détention jusqu'à ce soir, ne m'a pas permis de cor-
riger les épreuves, de retrancher quelques mots et d'ajouter
des faits parvenus à ma connaissance depuis que j'ai écrit.

La gravité des circonstances n'a pas diminué. Il y a
guerre à mort entre la France et le système suivi depuis
vingt-trois mois. La France ne succombera pas. Mais j'ai
l'intime conviction que la royauté nouvelle est perdue, si
elle tarde davantage à se séparer des doctrines et des
hommes qui ont amené la guerre civile et bientôt la
guerre étrangère.

J'adresse ici les remercîmens les plus tendres aux nombreux amis qui ne m'ont pas abandonné pendant ma
captivité, et mes complimens à deux magistrats, MM. Des-
mortiers et de Saint-Didier, qui dans cette circonstance
ont su concilier la rigidité de leurs fonctions et les droits
de l'équité. S'ils voulaient persister, que de bien ils fe-
raient !

L. LE DIEU.

Vendredi soir, 22 juin 1832.

LOUIS LE DIEU

A SES CONCITOYENS.

Un immense forfait politique a été commis. Les coupables veulent l'environner de ténèbres, parce qu'à la faveur de ces ténèbres ils espèrent obtenir l'impunité du crime, et en faire supporter la responsabilité à ceux qui en ont été les victimes. Pour atteindre ce but, il fallait briser le joug des lois fondamentales du pays, enchaîner la presse, fermer les tribunaux, désarmer la justice, et remettre son glaive aux mains des commissions militaires.

Les coupables n'ont reculé devant aucun de ces crimes nouveaux : Paris est en état de siége. La législation qui nous régit, c'est la terreur.

Moi, je ne me soumettrai pas à cette loi déshonorante. Ce n'est qu'en tombant que ma tête peut s'incliner sous ce joug. Plus y a de danger à proclamer la vérité, plus je sens le besoin de la dire, et si ma voix s'élève pour la dernière fois, c'est surtout aux lieux où je suis né que je veux la faire retentir, heureux si mes derniers accens réveillent mes compatriotes !

Tout ce que les hommes éclairés et généreux avaient prévu, dès le début de la monarchie d'août, se réalise aujourd'hui. Elle repoussa, elle insulta, elle calomnia les hommes à longue vue qui lui criaient, en observant ses premiers pas : « *Vous rentrez dans la grande route des abîmes !* » et tous les abîmes sont ouverts devant nous et autour d'elle. Livrée en naissant à des castrats politiques, les misérables, inhabiles à la féconder, l'ont corrompue, deshonorée, polluée, épuisée. Ils ont tari pour elle toutes les sources de la vie, et pour la ranimer et prolonger de quelques jours son existence, ils n'ont de remède que l'effusion du sang.

Chaque événement est une crise pour elle; chaque mouvement du corps social est un choc qui l'ébranle; elle observe avec une égale terreur les éclats bruyans de la vie et les solennités de la mort.

Voilà ce qui a amené ces lamentables journées qui ont navré les cœurs de tous les bons citoyens, et dont cependant on les accuse d'être les auteurs. Témoin attentif des faits, acteur moi-même, mais placé de manière à bien voir et à apprendre beaucoup, je vais dire ce que j'ai vu, ce que j'ai appris, ce que je sais vrai.

L'un des plus grands capitaines de notre grande armée, l'un des plus éloquens des orateurs qui ont occupé la tribune législative, l'un des plus fidèles et des plus dévoués défenseurs des libertés nationales ,

Lamarque, était mort le 2 juin. Son convoi funèbre était annoncé pour le 5, et on ne pouvait douter que cette cérémonie attirerait, à la suite du char funèbre, une immense population, également avide de rendre un hommage éclatant à la mémoire de l'illustre mort, et de manifester d'une manière aussi éclatante sa désapprobation du système politique si courageusement combattu par Lamarque, et dont il avait été victime.

Le caractère politique donné par le gouvernement aux funérailles de M. Périer peu de jours auparavant; tous les moyens employés afin d'obtenir quelque chose qui pût ressembler à une manifestation de considération ou de regrets pour un ministre mort, annonçaient assez l'importance qu'on attachait à trouver autour d'un cercueil une sorte d'amnistie pour le système dont M. Périer s'était fait l'éditeur responsable. Le malheureux était mort à la peine : on devait au moins cette consolation à sa famille. Les gardes nationaux furent convoqués en armes; 6000 employés de tous les ministères et de toutes les administrations eurent ordre de se ranger dans le cortége, de manière à offrir un spectacle tolérable. Un temps magnifique, après de longues pluies, favorisa cette représentation au bénéfice des ministres survivans. Les promeneurs, en grand nombre, aux Tuileries et sur les boulevards, s'avancèrent, formèrent la haie pour voir passer, et les journaux du trésor chantèrent victoire.

Le peuple, indifférent à cette pompeuse parade

de gens qui spéculaient sur la mort et sur des obsèques, en avait pourtant observé les conséquences et en gardait souvenir, quand la nouvelle de la mort de Lamarque fut répandue dans Paris. Je dois le déclarer, je n'ai pas vu un citoyen qui ne m'ait dit : « On » verra l'expression de l'opinion publique, on saura » bientôt lequel, du premier ministre ou du grand ci- » toyen, a obtenu l'estime et l'affection du peuple. *Le* » *Roi*, s'il est trompé, *pourra connaître la vérité.* »

Pour tous les vrais amis du général Lamarque, pour tous les bons citoyens qui, en condamnant tout ce qu'avait fait le gouvernement depuis son établissement, croyaient encore à la nécessité d'en conserver le chef, et à la possibilité de le ramener à un système rationel et national, il fallait que tout se passât avec ce calme, avec cet ordre, avec ce silence religieux qui frappent profondément les ames, parce qu'ils révèlent les grandes douleurs dans les grandes calamités de la patrie.

Quelques autres en assez grand nombre, excellens citoyens aussi, ne pouvaient se défendre de mêler du ressentiment à la douleur. Hommes à affections vives, à sentimens généreux, ils voyaient dans une pompe funèbre l'occasion de réparer une grande injustice. « Aux gouvernans, disaient-ils, à distribuer les faveurs » à la lâcheté; au peuple à décerner les honneurs au pa- » triotisme, à la magnanimité! *Nous conduirons La-* » *marque au Panthéon!* » A ces hommes il suffit de

répondre : « Lamarque a voulu reposer auprès de son pè-
» re : respectez ses dernières volontés. D'ailleurs, quel
» honneur aujourd'hui à entrer au Panthéon ? nos gou-
» vernans y ont porté la main : ils l'ont souillé. La
» tombe de Lamarque, élevée sur l'extrême frontière,
» sera plus glorieuse et plus utile. L'ennemi sera
» épouvanté de son souvenir, et s'il s'avance un jour,
» trouvera tous les braves à ce rendez-vous. » La
Société des Amis du Peuple accueillit ces observa-
tions : elle était décidée à suivre scrupuleusement
l'ordre indiqué pour la marche du cortége ; et le
lundi soir rien ne faisait présager que cet ordre serait
troublé.

Presque tous les réfugiés de tous les pays, con-
naissant mes anciens rapports d'amitié avec Lamarque, vinrent me consulter sur ce qu'ils devaient
faire, sur la place qu'ils devaient occuper, et les drapeaux autour desquels ils devaient marcher. Sur ce
dernier point, je leur répondis que « je ne pouvais
» leur donner d'autre conseil que celui de ne rien
» faire qui pût devenir le prétexte d'une collision avec
» l'autorité ; que les Polonais pouvaient déployer leur
» étendard, parce qu'en déclarant que la nationalité
» polonaise ne périrait pas, les Chambres et le Roi
» avaient formellement reconnu ce drapeau ; qu'il n'en
» était pas de même des autres pays, et que, par-
» conséquent, si les proscrits de l'Italie, de l'Espa-
» gne et de l'Allemagne arboraient des drapeaux, ils

» devaient s'attendre et obtempérer à l'ordre de les
» quitter. » Je n'ai pas vu d'intention contraire, et
à la réunion de lundi soir, à laquelle je n'assistai pas,
quoique j'y fusse invité, les proscrits n'adoptèrent
aucune résolution opposée à mes conseils. Eux aussi,
eux surtout, voulaient de l'ordre, le plus grand ordre,
dans leur intérêt propre, autant que dans l'intérêt
générale.

Une exécrable faction seule, la faction gouver-
nante, avait intérêt à troubler les funérailles de
l'homme qu'elle avait calomnié, qu'elle avait persécuté
pendant sa vie. Des conseillers en butte à la réprobation générale, et qui craignaient, qu'averti par cette
majestueuse protestation de toute la population de
la capitale et des environs, le roi les éloignât
des affaires, devait, pour se maintenir au pouvoir,
exciter quelqu'irritation, fomenter quelque désordre, et même établir une lutte contre le pouvoir lé-
gal. C'était un moyen d'appuyer les anciennes calomnies par des calomnies nouvelles ; on pouvait dire
au roi : « Nous ne vous trompions pas quand nous
» vous avons dit de repousser Lamarque comme
» un ennemi, comme un républicain, comme un
» anarchiste. Voyez quels sont ses amis ; voyez ce
» qu'ils ont dit ; voyez ce qu'ils ont proclamé ; voyez
» ce qu'ils ont fait : heureusement notre prévoyance,
» notre courage et la fidélité de l'armée ont sauvé le
» pays et vous ! » Puis en petit comité on se frotte

les mains, on exalte la profonde politique qu'on a déployée, et on se rit du prince qu'on a joué et du sang qu'on a versé.

Voilà, j'en ai l'intime conviction, et le récit fidèle des événemens la fera partager par tous mes lecteurs, voilà le rôle qu'a joué le ministère. Les antécédens de ses conseillers, les siens, ceux de Soult et de Sébastiani surtout, rendent tout croyable de leur part : des hommes de loyauté, d'honneur, de fidélité au prince, ou seulement des hommes adroits, auraient trouvé un moyen bien plus simple de tempérer ce que le convoi populaire pouvait avoir d'hostile au système du 13 mars. Un hommage tardif au guerrier valeureux, le bâton de maréchal que Napoléon, proscrit et mourant, lui décernait, déposé sur le cercueil et porté à sa suite ; une part plus grande prise aux hommes qu'on voulait rendre, tels sont les conseils que des honneurs habiles auraient donnés au chef de l'état. C'est ce qu'avait fait Louis XVIII pour Masséna, qu'il avait rayé de la liste des maréchaux. Louis XVIII était fourbe, je le sais ; mais sa fourberie, dans cette occasion, était de la bonne politique.

Voyons maintenant les événemens de ces funestes journées

Le mardi 5 j'étais, avant neuf heures, au domicile du général pour voir sa famille et prendre part aux derniers arrangemens, avec l'intention de me placer ensuite dans le cortége. Le nombre de commissaires principaux du convoi parut bientôt insuffisant pour tout ce qu'il y avait à faire : on me pria d'en remplir les fonctions ; je n'hésitai pas. MM. Laboissière et Cabet, députés, s'étaient rendus de bonne heure sur la place de la Révolution et sur le boulevard de la Madelaine, pour placer dans l'ordre convenu la foule immense des citoyens qui s'étaient réunis sur ces deux points. Là régnait le silence, là on observait le calme religieux qui convenait à cette triste cérémonie. Les proscrits de chaque pays étaient rangés sous leurs drapeaux, mais le drapeau à bonnet rouge ne s'était pas présenté encore ; tout le monde s'en serait éloigné, tout le monde eût crié : « *Ce n'est pas là le drapeau de Lamarque ; ce* » *n'est pas le nôtre.* » Cette enseigne, de funeste mémoire, ne pouvait apparaître que lorsque des provocations multipliées auraient attiré l'irritation, que des mesures hostiles du gouvernement étaient bien propres à exciter. Nos ennemis avaient bien combiné leur trame.

J'étais resté dans l'intérieur pour reconnaître les commissaires nommés par les étrangers, les orateurs chargés de prononcer les discours, recevant et transmettant les instructions adoptées pour la marche du cortége. Vers les dix heures, on vint nous annoncer que l'école Poltyechnique n'avait pu obtenir la permission d'assister au convoi. Cette nouvelle me fit présager des vues plus hostiles que je n'attendais. Tout le monde en exprima son mécontentement, et la foule qui se pressait rue Saint-Honoré, autour de la demeure du géneral, manifesta son indignation par des cris. Peut-on nier qu'il y ait eu provocation ?

Quelque temps après un colonel de l'état-major de la place me fut présenté pour m'entendre avec lui sur la distribution des troupes qui devaient accompagner le cortége, et rendre les honneurs militaires au général. Je lui dis qu'il serait convenable de faire marcher une compagnie immédiatement en avant du char funèbre ; de placer le reste en files à droite et à gauche, de manière à conserver un espace libre pour le passage du cortége. Je demandai en outre que, vu l'absence de la garde nationale en armes, il voulût bien envoyer une compagnie pour tenir le passage libre et faciliter l'entrée de la maison aux députés et aux amis particuliers du général. Il y consentit de la meilleure grâce du monde ; et, de crainte que l'apparition de la troupe ne fût mal interprétée, je priai un des commissaires d'accompagner le colonel, pour revenir avec le détachement, et expliquer aux citoyens s'il y avait quelque obstacle, que ces soldats venaient à la demande expresse des amis du général. Je dois déclarer que le colonel, que je ne connais pas, a montré les meilleures intentions ; et si l'ordre convenu n'a pas été établi, je suis persuadé que ce n'est pas sa faute.

Lorsque le corbillard arriva, les personnes assemblées devant la maison voulurent dételer les chevaux. Il y eut une assez longue contestation et des cris ; les chevaux furent retirés enfin, et on s'arrangea pour traîner le char.

Le départ fut retardé parce que des gardes nationaux de la banlieue demandèrent qu'on attendît quelque temps, pour qu'un grand nombre de leurs camarades pût prendre place. On consentit.

Peu de minutes après, on vint m'annoncer que des citoyens s'étaient mis à la tête du cortége, avec la ferme résolution de l'arrêter sur la place de la Bastille, et là, changer de direction, prendre la rue Saint-Antoine et marcher au Panthéon. Je le dis sur-le-champ à plusieurs de mes amis qui se trouvaient dans le salon ; ils trouvèrent dans ce projet trop de déraison et de danger pour ne pas le blâmer. Je chargeai un jeune homme dont j'ignore le nom, et qui avait les insignes de commissaire-adjoint, de tâcher de gagner la tête, et de faire abandonner la résolution prise. Il me dit à son retour qu'il avait parlé, et qu'il espérait qu'on ne donnerait pas de suite à ce projet.

A onze heures un quart on se mit en marche par une pluie battante. La foule était telle qu'il fut impossible de faire prendre les coins du poêle aux personnages désignés. Mais dans la confusion de ce premier moment, rien n'annonçait l'esprit de désordre. Un seul sentiment dominait, c'était le désir d'avoir une place auprès du char funèbre pour le pousser ou pour le traîner, lorsque la fatigue forcerait quelqu'un à se retirer. L'ordre commença à s'établir en arrivant au boulevard de la Madeleine. Messieurs les gardes nationaux, sur une simple invitation au nom de l'ordre, se placèrent en files, élargirent, en appuyant à droite et à gauche, la voie du cortége, et jusqu'au débouché de la rue de la Paix sur le boulevard, la marche fut solennelle et religieuse. Placé immédiatement derrière le char funèbre, avec MM. Cabet et Laboissière, j'ai bien observé tout ce qui se passait autour de moi, et je n'ai rien vu qui ne fût l'expression la plus convenable d'un deuil national.

Ce n'est qu'en voyant rentrer le corbillard dans la rue de la Paix, que j'appris l'intention de faire passer les restes de Lamarque autour de la colonne d'Austerlitz. Il n'y avait rien que de très convenable dans la pensée de rattacher à ce bronze immortel, ce qui bientôt ne sera plus qu'une vaine poussière. Mais cette pensée avait été abandonnée pour ne pas contrarier les désirs de l'administration. Qui a fait revenir sur une décision prise ? je l'ignore. On m'a dit que quelques voix avaient crié : A LA COLONNE ! que des milliers de voix avaient répété ce cri, et qu'un mouvement unanime avait entraîné tout le monde vers cette direction.

Vis à-vis l'état-major général, un incident que

l'on considéra comme une injure , fournit un nouvel aliment à l'irritation de quelques esprits et la propagèrent. Le poste de l'état-major , au lieu d'être mis sous les armes suivant les réglemens militaires , toutes les fois qu'un corps militaire passe, avait été rentré , on n'avait même pas laissé le factionnaire, et la porte de l'hôtel avait été fermée. Le peuple, les gardes nationaux surtout , regardèrent cela comme une insulte. Ils se précipitèrent vers la maison , réclamèrent les honneurs militaires ; déjà des sabres étaient tirés , une attaque allait commencer , lorsque l'ordre fut donné de remplir les devoirs d'usage.

Il y avait évidemment ici nouvelle provocation ; et le peuple avait triomphé du mauvais vouloir de l'autorité. Dès-lors j'aperçus un changement dans la conduite de quelques personnes qui s'étaient introduites dans le cortége. Des cris de *vive la liberté ! vive Lafayette ! honneur à Lamarque !* retentirent pendant tout le trajet de la place Vendôme au boulevard. Là, quelques nouveaux crieurs forcèrent les rangs des gardes nationaux , et des cris nouveaux : *A bas le juste milieu! à bas les traîtres !* se mêlèrent à ceux entendus d'abord seuls. Je représentai à ces Messieurs, que ces cris ne convenaient pas à la circonstance ; que si près du cercueil de Lamarque , le silence exprimait mieux l'amour de la liberté , de l'honneur et de la patrie ; que pour achever le juste-milieu et se délivrer des traîtres , il ne fallait qu'allier la dignité à la douleur. Quelques-uns me comprirent et se retirèrent ; d'autres restèrent et se turent : cinq à six seulement continuèrent à jeter les mêmes cris. Je demandai aux gardes nationaux de les mettre hors de l'enceinte, ce qui fut fait à l'instant,.et depuis ce moment les cris cessèrent autour de nous.

Un incident faillit amener des désordres plus graves. M. de Fitz-James, placé avec deux autres personnes au balcon du Cercle de la rue Grammont, ne se découvrit pas au passage du char funèbre : deux ou trois cris de chapeau bas l'avertirent ; il affecta de garder la même position, quoique ses amis se fussent retirés. Les cris devinrent plus nombreux et plus violens : une pierre fut lancée. Quelqu'un vint retirer M. de Fitz-James. Il était temps, on parlait déjà d'aller au Cercle. Nous parvînmes à calmer les ressentimens ; mais je prévoyais qu'une étincelle suffirait pour allumer un vaste incendie : tous mes efforts et ceux des autres commissaires principaux tendirent dès-lors à éloigner tout ce qui nous paraîtrait de nature à faire naître quelque nouvelle cause d'irritation. Le même désir animait tous les commissaires et l'immense majorité des assistans ; mais les agitateurs avaient résolu de triompher de nos efforts et de tromper nos espérances.

Arrivé au boulevard Saint-Martin on vint m'annoncer deux nouvelles, qui, toutes deux, détruisirent en moi les dernières espérances pour la terminaison de la journée : la première, que, en arrière du cortège, un citoyen avait été attaqué, blessé par trois sergens de ville ; que les spectateurs avaient couru au secours du citoyen, avaient maltraité et désarmé les sergens de ville ; qu'un cri : NOUS SOMMES ATTAQUÉS, avait été entendu et répété, et qu'à l'instant on avait brisé les chaises qui bordaient les boulevards pour s'en faire des moyens de défense. La seconde nouvelle, c'est qu'on avait repris la résolution de conduire les restes de Lamarque au Panthéon. J'en donnai sur-le-champ avis à M. de Lafayette, au maréchal Clausel, à mes amis les généraux Hulot, Sourd et Rewbel, et aux commissaires. De nouvelles tentatives pour changer la détermination prise auraient peut-être obtenu quelques succès, grâces aux efforts de MM Cabet et Laboissière, si un nouvel acte de provocation n'était venu porter à son plus haut degré l'irritation populaire.

Vers trois heures et demie, un élève de l'école Polytechnique arrive haletant jusqu'auprès de moi, à travers une foule toujours croissante, m'annonce que ses camarades accourant de divers côtés, commencent à se réunirent et demandent quelle place ils doivent prendre dans le cortége. Ma réponse fut qu'il devenait impossible de revenir à l'ordre de marche indiqué d'abord, mais que pourtant leur arrivée me rendait l'espoir ; qu'aimés, respectés du peuple, il leur serait facile de se former en carré autour du char funèbre, et de protéger, de concert avec la garde nationale, la marche de cette partie du cortége et l'approche de l'estrade où le corps devait être déposé et les discours prononcés. Il appela sur-le-champ quelques-uns de ses camarades, chargea l'un d'eux d'avertir les autres, puis ils commencèrent à se former. — «Pourquoi êtes-vous venu si » tard et isolément ? lui demandai-je. — A deux » heures un quart on nous annonça que, par ordre » du ministre de la guerre, nous étions consignés. » Nous avons été obligés de forcer les portes, et le » général commandant s'étant placé de manière à nous » barrer le passage, nous ne voulûmes pas lui faire » violence ; nous sortîmes par les fenêtres. » Ce récit fait par chacun d'eux excita une réprobation unanime. *Vive l'école Polytehnique ! A bas les lâches ! A bas les traîtres ! A bas les ministres !* Tous ces cris s'élevaient à-la-fois, et des larmes roulaient, avec la sueur, sur les visages des élèves. Sur ces fronts si jeunes, si intéressans, se peignaient déjà toutes les grandes tourmentes de la vie; j'y voyais l'intelligence aux prises avec la douleur, le courage avec l'indignation, et pourtant ils étaient calmes comme la force, réservés comme l'expérience. Braves jeunes gens! quel que soit le sort qui vous est destiné, vous vous êtes montrés dignes de vos devanciers. Vous avez sacrifié tout votre avenir à un devoir que vous vouliez remplir, dans un temps où le devoir est ce dont on s'occupe le moins : honneur à vous!

Déjà le cortége traversait la place de la Bastille. Le boulevard était plus étroit et la multitude augmentait à chaque instant. Les gardes nationaux et les élèves de l'école Polytechnique formèrent alors la chaîne, pour résister à la presse de la foule et laisser un peu d'espace aux invalides qui portaient les insignes de Lamarque, aux officiers-généraux qui suivaient, et aux personnes qui devaient prendre la parole. Dans cette foule, j'aperçus quelques hommes qui semblaient mus par le besoin du désordre ; de ces hommes qui ne sont pas du peuple, dont ils usurpent le costume pour le rendre solidaire de mauvaises actions. Souvent je repoussai ces hommes avec le secours de la garde nationale, mais toujours ils revenaient à la charge. Les généraux, entr'autres M. le duc de Padoue, virent cela comme moi et intervinrent assez vivement pour déjouer des desseins qui semblaient évidens. Enfin, ces hommes à mauvaises intentions allèrent ailleurs chercher la réalisation de leurs coupables espérances.

Quand le corps fut arrivé à l'estrade où les discours devaient être prononcés, la presse devint insupportable. Mes fonctions cessaient ; je sortis de la foule avec plusieurs officiers-généraux ; je me plaçai à vingt pas environ du corbillard, et j'y restai pour entendre les discours. Bientôt après je vis arriver le long de la rive gauche du canal, une grande quantité de jeunes gens de toutes les conditions, marchant quinze ou vingt de front. A la tête était le jeune homme blessé par les sergens de ville, portant les trois épées dont il avait été frappé et qu'on avait arrachées des mains de ses assaillans. Au milieu de la colonne, un décoré de juillet portait un drapeau bleu-azur, sur lequel était cette inscription : Union de Juillet.

Un des citoyens sortit des rangs, vint me saluer, en me disant : « Vous ne me connaissez pas ; mais » j'ai assisté à votre procès. Vous l'avez bien dit : ils » ont voulu la guerre civile. Eh bien ! nous sommes » prêts. — Mon ami, lui répondis-je, pourquoi les » servir à souhait? Pour tuer ces gens-là, il ne faut que » du calme ; ne vous laissez pas entraîner. — Qu'ils » ne nous attaquent pas ! » et il rentra dans les rangs. Ils étaient tous sans armes : ils criaient, *Vive la liberté ! A bas les tyrans !*

Peu de secondes après, heurté vivement par une personne qui courrait, je me retourne, et je vois des ouvriers, des femmes et des enfans, qui se sauvaient avec précipitation et se culbutaient les uns sur les autres. J'allai relever une pauvre femme qui serrait encore son petit dans ses bras ; puis revenant à l'estrade où l'on prononçait un discours, je demandai la cause de ce tumulte. On me répondit que des dragons venaient de déboucher au galop derrière le grenier d'abondance et avaient blessé plusieurs personnes.

Je m'avançai davantage; je vis les dragons arrêtés par les citoyens, à la tête desquels s'étaient précipités une vingtaine d'élèves de l'école Polytechnique, qui, l'épée à la main, et en ligne, avaient formé le premier rempart, en bravant les premiers dangers. Des citoyens avaient, à l'instant même, apporté et formé en barricades des pièces de bois et des planches de bateaux, qui ne permettaient plus aux dragons d'avancer. On représenta alors au commandant de l'escadron que le mouvement qu'il avait exécuté était inutile et dangereux. On le pria de ramener le calme, en faisant remettre les sabres aux fourreaux, ce qu'il ordonna. Ce commandant demanda qu'on n'attaqua point ses soldats, déclarant que la guerre civile leur faisait horreur, et qu'ils ne se serviraient de leurs armes qu'autant qu'on les y forcerait. Cet officier était vivement ému.

Les citoyens et la garde nationale qui suivaient la rive droite du canal, en apprenant l'attaque, avaient hâté le pas pour se rendre sur les lieux. La colère les animait, surtout les artilleurs, dont la plupart étaient armés de leurs carabines. Immédiatement après venaient cinq ou six cents personnes sous un drapeau rouge surmonté depuis peu d'un bonnet rouge. Aucune personne n'a pu m'indiquer ni le nom du porte-drapeau, ni à quelle société il appartenait, ni d'où il était venu : cela avait apparu tout-à-coup. Dans la foule qui suivait on criait : *A bas Philippe! Vive la république!* Bientôt ces individus, dont une grande partie était composée d'enfans, enlevèrent les palissades des jeunes arbres du boulevard, s'armèrent des longs bâtons qu'ils avaient arrachés, et s'avancèrent précipitamment en criant : *Aux armes! nous sommes attaqués!* et en répétant : *A bas Philippe! plus de Bourbons! vive la république!*

Aux premiers cris : *aux armes! on nous attaque!* quelques individus s'étaient détachés de la foule, et avaient couru vers un poste des environs qu'ils avaient désarmé, et ils revenaient avec les armes et des munitions qui eussent été inutiles si une nouvelle provocation n'avait commencé la guerre.

Tandis que le premier escadron de dragons restait immobile à la position qu'il avait occupée, un autre escadron, qui avait filé derrière le grenier d'abondance, déboucha tout-à-coup sur le boulevard, comme pour placer le cortége entre deux feux. A son apparition, on se précipite vers les soldats, qu'on voyait le sabre au poing et la carabine à la main; des pierres sont lancées, on y répond par des coups de feu, et quelques coups de fusil partent des rangs populaires ; les bâtons, les bûches volent et tombent de toutes parts sur la troupe, qui fut forcée à se retirer en désordre.

Tout me paraissait fini. Le cortége s'avança vers le pont d'Austerlitz. Accablé de fatigue, de besoin et de tristesse, je me retirai. Ne trouvant pas de place dans les voitures, je m'en retournai à pied par la rue Saint-Antoine, les quais, jusqu'à la rue Neuve-du-Luxembourg, où j'étais attendu. Je fus surpris de voir toutes les boutiques fermées : j'en demandai la raison à un marchand de ma connaissance sur le quai de la Ferraille, qui me répondit que depuis près d'une heure (c'est-à-dire avant aucune attaque), des hommes avaient été dans toutes les maisons pour engager à fermer, parce qu'il devait y avoir un engagement sérieux.

Comment cet engagement, si bien prévu par le gouvernement, n'a-t-il pas été prévenu? comment a-t-il été amené?. qui l'a commencé? Tout ce que j'ai rapporté jusqu'ici et dont j'atteste la vérité, répond à ces questions, et accuse le ministère et la police.

J'affirme et je prouverai, devant les tribunaux compétens, que des agens de police se sont déguisés de différentes manières; plusieurs étaient en gardes nationaux, d'autres ont pris la blouse du paysan. J'en nommerai un. Ils ont eu ordre de se mêler aux groupes. On sait assez quel rôle ils peuvent jouer, et que les armes ne leur manquent pas. Si un coup de pistolet tiré sur les dragons a commencé le combat, comme le disent les récits officiels, le lieu même d'où il font partir le coup (c'est derrière le mur des greniers d'abondance), révèle assez que l'homme qui a tiré n'appartenait pas au cortége.

De six heures jusqu'à neuf heures du soir, on m'annonça, ainsi qu'à trois amis, aussi désolés que moi de la déplorable terminaison d'une journée qui devait être si belle, les nouvelles les plus affligeantes et les plus contradictoires. Je voulus voir par moi-même. J'errai seul sur les boulevards et dans les rues, au bruit perpétuel des feux de peloton, des feux de file, qui me dirigeaient vers les lieux des combats. J'atteste que nulle part je n'ai vu réunis au nombre de plus de 10 ou 12, les hommes sur qui on faisait ces terribles décharges, et qui y répondaient.

Vers minuit, je rentrai chez moi. Le bruit de la fusillade continuait toujours : ce n'est que vers 3 heures du matin qu'il fut suspendu. A cinq heures, un ami vint savoir de mes nouvelles, et m'annonça que trois ou quatre cents jeunes gens étaient cernés dans les environs du Marché des Innocens, et qu'on assurait qu'ils étaient prêts à se rendre, que tout était fini.

Je sortis peu de temps après pour voir ce qu'é-taient devenus plusieurs amis qui assistaient au convoi ; rassuré sur ce point, je voulus savoir comment la lutte s'était prolongée après la retraite des dragons. Voici ce qu'on peut regarder comme positif, car j'ai reçu les faits de témoins oculaires qui méritent toute confiance.

Aussitôt après la retraite des dragons, on dirigea le corbillard vers le Panthéon, et une grande partie des jeunes gens et les gardes nationaux le suivirent; mais quatre ou cinq cents personnes, qui avaient pris part au premier engagement, se détachèrent avec la résolution de se venger, et, dans leur ressentiment trop motivé par les événemens de la journée, s'attaquèrent à tout ce qu'ils crurent hostile. Partagés en petites bandes de quinze ou vingt hommes au plus, la plupart sans armes, ils sommèrent et se firent rendre presque tous les postes et corps-de-garde, depuis le pont d'Austerlitz jusqu'à la Banque de France, en moins d'une heure. Maîtres du poste de l'Arsenal, ils prirent des fusils et une grande quantité de poudre. Maîtres du poste de la Banque, ils n'eurent même pas la pensée de visiter l'intérieur : aussi les proclamations durent-elles signaler *ces hommes avides de pillage.*

Si deux mille hommes seulement avaient pris part à ce mouvement, s'il y avait eu complot, combinaison, et qu'une faible partie des citoyens qui dirigeaient ou suivaient le corbillard se fût jointe à ceux qui continuaient le combat qu'ils n'avaient point provoqué, il eût été facile de conserver les postes dont on s'était emparé, et de faire avancer de forts déta-

chemens sur d'autres points, qui n'auraient pas offert
plus de résistance, surtout si l'artillerie de la garde
nationale, armée de ses carabines, s'était mise à la
tête des colonnes. Mais quelques individus isolés ne
pouvaient même laisser, dans les postes qu'ils avaient
enlevés, un nombre d'hommes suffisant pour les garder et les défendre. Ils les abandonnaient eux-mêmes
pour marcher sur d'autres points. Le poste de la
Banque fut repris avec la plus grande facilité, et les
insurgés furent obligés de se retirer.

Les combats dans les quartiers du Jardin des
Plantes et de la place Maubert, n'eurent pas le même
caractère que les premiers. Conduira-t-on ou ne conduira-t-on pas Lamarque au Panthéon ? Voilà ce qui
était soumis à la décision de la force, et c'était sous
les coups de fusil et les coups de sabre qu'une jeu-
nesse pleine de courage traînait le char funèbre à sa
destination.

Voilà ce que j'ai appris et ce que j'affirme, sur les
combats de la soirée et de la nuit. J'affirme encore
que j'ai vu des officiers de la ligne consternés, dé-
plorant leur affreuse position, maudissant le système
de gouvernement qui tendait le dos à l'étranger, et ne
savait diriger la pointe de leurs épées et les baïon-
nettes de leurs soldats, que sur la poitrine de leurs
concitoyens. Un officier supérieur, que je connais
peu, me voyant traverser la place du Carousel, à
neuf heures et un quart, vint à moi et me dit, les

larmes aux yeux, en me donnant la main : JE VOU-
DRAIS ÊTRE FUSILLÉ A L'INSTANT MÊME.

Peu de minutes après, je vis conduire dans un
fiacre des officiers de la ligne qu'on avait arrêtés, sur
la place même, à la tête de leurs corps. Ils étaient
escortés par un fort détachement de carabiniers. La
même chose se renouvela plusieurs fois dans le cours
de la matinée. Les journaux n'en ont rien dit. *Vivent-
ils encore ?*

Les combats avaient recommencé. Un sentiment
qu'il m'est impossible de rendre m'entraînait au bruit
du feu. Après avoir parcouru toutes les approches de
la place de l'Hôtel-de-Ville, repoussé partout, je
vins sur la place du Palais-de-Justice. J'entrai dans une
maison que je connaissais. Je fus témoin des combats qui se livrèrent sur la place du Châtelet. Je vis
tomber, relever et transporter les blessés et les morts.
J'en sortis à une heure et demie pour me rendre chez
des députés de mes amis, et pour les presser, s'ils ne
l'avaient déjà fait, d'aller trouver le Roi, et de le
conjurer de faire cesser le carnage. Peu avant que
je descendisse on m'avait assuré de la manière la plus
positive, que des condamnés et des forçats libérés
avaient été couverts d'uniformes de gardes municipaux et de blouses et armés de fusils à la Préfecture
de police, pour que, considérés comme déserteurs
et comme auxiliaires par les insurgés, on les reçut
sans inquiétude. Peu d'instans après je vis des hom-

mes armés de fusils, les uns avec des habits de gardes municipaux , d'autres en blouses , traverser en
courant et comme s'ils étaient poursuivis , la place
du Palais-de-Justice , et fuir par le pont Saint-Mi-
chel , en criant à une compagnie de la ligne qui était
stationnée obliquement au bas du pont au Change ;
de manière à pouvoir faire feu sur le marché aux
Fleurs et sur la place du Palais-de-Justice : Ne tirez
pas , amis ! Les soldats les laissèrent passer en effet ,
et firent ensuite sur quelques citoyens , la plupart
sans armes , un feu de file qui n'atteignit personne.

C'est après cela que je sortis , et me rendis chez
un député , auquel les amis de la liberté ne rendent
guère plus de justice que la cour. Lorsque je lui
parlai d'aller aux Tuileries avec plusieurs de ses collègues , il me répondit qu'ils s'étaient déjà réunis
dans cette intention , mais qu'ils s'étaient séparés
sans rien faire , parce qu'on était venu leur annoncer
que tout était fini. Au moment où il me disait cela
le canon tonnait et retentissait dans son ame , sa
physionomie exprimait les grandes douleurs de la
patrie. Quelques minutes après un de ses collègues
venait le chercher , en lui annonçant qu'il était une
des trois personnes chargées d'aller aux Tuileries.

L'entretien qui eut lieu au palais appartient à l'his-
toire ; il formera une des pages les plus importantes
pour la connaissance des hommes et pour l'instruc-

tion des peuples. *On en a fait le procès-verbal. Le grand jury de la postérité aura à prononcer.*

Pendant le combat, des ministres et surtout le maréchal Soult, avaient demandé la mise en état de siége : tout alors aurait été à la merci de cet homme, qu'avec la sanction d'une Cour royale et de deux Cours d'assises, j'ai flétri comme un misérable, comme un corrupteur, comme un infâme. On dut sentir qu'il y avait plus que de l'audace à demander, et qu'il y aurait plus que de l'imprudence à confier de pareils pouvoirs. On refusa. Le combat fini, d'autres hommes, plus lâches encore, voulurent le pouvoir de vie et de mort sur des vaincus. On dit, et on ne l'a point démenti, que Thiers et Guizot ont triomphé de la répugnance du Roi, ont fait rétracter la promesse qu'il avait faite. L'état de siége fut décrété.

Je ne veux point parler des détails dont j'ai été témoin ; de la conduite de certains gardes nationaux ; des scènes d'ivresse dont les soldats de la ligne rougissaient ; des actes de cannibales qui révoltent la nature. Dans ces deux horribles journées, j'ai perdu une erreur et j'ai reconnu une vérité. Non, ce n'est pas dans les dernières classes du peuple qu'il faut chercher les passions lâches et sanguinaires ; dans ces classes, appelées les dernières parce qu'elles sont les plus pauvres, il y a du courage et de la miséricorde ; c'est autre part que j'ai vu la couardise et la férocité. Soldats de l'armée, ce n'est pas chez vous !

Le résumé incontestable de la journée, le voici :
quatre cents malheureux jeunes gens, exaspérés au
dernier point par l'immoralité et la cruauté des conseillers de la couronne, entraînés par des suggestions
perfides et des provocations multipliées, ont couru
aux armes. Il a fallu, pour les vaincre, vingt-quatre
heures de combats et le double des hommes qui
vainquirent à Valmi et à Jemmapes. Que d'autres
adressent aux triomphateurs les bannales acclamations
qu'on a prodiguées depuis 40 ans à tous les heureux
du jour, moi, pleurant sur l'égarement de l'héroïsme,
toute mon admiration est pour les héros.

Voilà ce que j'avais à dire, *ce que je devais dire*
sur les deux journées qui mettent la France en deuil.
J'ai fait mon devoir.

Maintenant je suis prêt à paraître devant quelque
tribunal qu'on m'appelle. Je suis prêt à subir les
peines que toutes les tyrannies ont toujours infligées
à l'indépendance et à la vérité.

Et toi, dont les restes reposent maintenant près
des cendres paternelles, illustre et patriotique ami ! si
les doctrines de la philosophie ne sont pas une dernière illusion, si la mort n'est que l'affranchissement
de l'ame et son passage à l'immortalité, sans doute tu
reconnais une voix qui te fût chère, et que la douleur
seule rendit muette sur ta tombe. Souvent tu me
reprochas de t'avoir trompé, quand, il y a longtemps,
je te promettais avec une royauté nouvelle le retour

des libertés, des gloires et des prospérités du pays; je te disais, pour me disculper, tout le bien que je savais, toutes les qualités que j'avais reconnues, les gages de patriotisme tant de fois donnés, les secours au malheur, les larmes pour les victimes.. Et aujourd'hui.... du sang partout ! ! ! Dans toute la France, du sang ! ! !

Lamarque, je te le répète, je ne te trompais pas ! Une superbe matinée promettait un beau jour, je t'ai dit : sortons, marchons ensemble; tu croyais aussi, et le jour finit par d'épouvantables orages !

L. LE DIEU.

Le 14 juin 1832.